La Bataille des Trois Empereurs

LA
JOURNÉE D'AUSTERLITZ,

OU

LA BATAILLE DES TROIS EMPEREURS,

DRAME HISTORIQUE EN 2 ACTES ET EN VERS;

PAR M. DE CHARBONNIÈRES;

Ancien officier de cavalerie, ex-secrétaire-général de
l'administration générale du Piémont, et de la garde
d'honneur de l'Empereur.

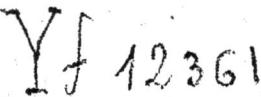

AU PUBLIC.

Lorsque j'ai commencé ce petit ouvrage, je le destinais à la représentation. Je n'ai pas tardé à me convaincre des obstacles que ce projet rencontrerait, et j'y ai renoncé. Mais comme je n'ai fait cette réflexion que le lendemain du jour où je l'avais entrepris, et que mon travail était déjà fort avancé, je l'ai continué, en lui laissant la forme que je lui avais d'abord donnée ; car si ces obstacles pouvaient être levés, il n'y a pas de doute que cette action ne produisît un grand effet sur la scène, quelque défectueux que soit d'ailleurs le poëme. Il est bon, à cette occasion, de prévenir le public que cette bagatelle a été commencée le 25 frimaire, achevée le 28, et livrée de suite à l'impression. Je ne prétends pas excuser par là les fautes ou les négligences qu'il y pourra trouver, mais seulement solliciter son indulgente bienveillance en ma faveur. Quant à la critique, si toutefois elle venait m'attaquer au milieu d'une armée invincible, je ne doute pas qu'elle n'y trouve un très grand nombre de défauts ; car ayant un droit incontestable à exercer sur tout ce qui s'imprime, elle doit y regarder de plus près ; mais quelque disposé que je sois à recevoir avec humilité ses avis si elle m'en juge digne, ou même ses corrections si je les ai méritées, il n'y a pas d'apparence que je sois dans le cas d'en pouvoir profiter à l'avenir, car je ne suis plus de la première jeunesse, je suis extrêmement paresseux, et il n'a fallu rien moins qu'une circonstance aussi glorieuse pour me déterminer à prendre la plume. Puisse-t-elle être désarmée par cet aveu, et me pardonner d'avoir osé lui révéler mon nom, en faveur de l'assurance que je lui donne de le lui laisser oublier !

PERSONNAGES,

L'empereur NAPOLÉON.
L'empereur FRANÇOIS.
Le général prince MURAT.
Le maréchal BERTHIER.
Plusieurs maréchaux de l'Empire.
Le général SAVARI.
Le prince OLGOROUKI, officier russe.
Le prince JEAN DE LICHTENSTEIN, officier général de l'empereur FRANÇOIS.
Suite des deux empereurs et soldats.

(La scène, au premier acte, est le bivac de l'empereur Napoléon à Austerlitz; au second acte, elle est aux avant-postes de l'armée.)

LA JOURNÉE D'AUSTERLITZ.

ACTE PREMIER.

La scène représente le bivac de l'empereur. Dans le fond et sur les côtés, quelques postes de l'armée, et des factionnaires. Dans la tente de l'empereur une table, sur laquelle on voit des cartes de géographie, des lunettes d'approche et divers instruments, des armes, etc. etc.

SCÈNE PREMIÈRE.

L'EMPEREUR *seul.*

J'apperçois aisément le but qu'on se propose ;
Leurs pièges, leurs détours, loin de nuire à ma cause,
Mieux que leur bonne foi serviront mes projets.
Tout ce que j'ai promis naguère à mes sujets,
Ce jour va l'accomplir. En couronnant ma gloire,
Puisse-t-il éclairer ma dernière victoire !

(*Le général Savari entre.*)

SCÈNE II.

L'EMPEREUR, SAVARI.

L'EMPEREER.

Ah ! c'est vous, Savari ! parlez-moi sans détour :
Enivré par l'encens d'une frivole cour,
Trompé par ma retraite, Alexandre sans doute
Croit que Napoléon le fuit et le redoute.
Qu'avez-vous observé ?

SAVARI.

       Leurs aveugles fureurs,
Sire, vont vous livrer bientôt deux empereurs.
Trompé par les Anglais, jouet de sa faiblesse,
François combat en vain le destin qui le presse ;
A la guerre, à la paix enfin il a recours,
Selon que des alliés il attend le secours ;
Indécis dans ses vœux, flottant dans sa conduite,
Si l'orgueil le retient, la peur le précipite ;

Et sans trop se fier au bras de l'étranger,

Il sourit à l'espoir, et frémit du danger ;

Tout son air, en un mot, trahit l'incertitude.

Alexandre fait voir dans sa noble attitude

Un calme que n'ont pas altéré les revers ;

Il semble révéler enfin à l'univers

Le secret d'arrêter la terreur de vos armes ;

De sa gloire future il savoure les charmes,

Et laisse l'heureux soin d'en faire les apprêts

A de vils courtisans, garants de ses succès.

Étrange illusion de l'inexpérience !

Quand tout votre génie, et toute la science

Acquise avec lenteur dans quarante combats,

Vous apprend la prudence, il ne la connaît pas.

Mais, sire, je lui dois pourtant cette justice,

Que de vos détracteurs il n'est pas le complice :

Il reconnaît en vous, en dépit des Anglais,

Un César dans la guerre, un Numa dans la paix.

Jeune et présomptueux, son erreur est sublime ;

Elle est, sire, l'effet de sa profonde estime :

En admirant en vous un héros sans égal,
Il aspire à l'honneur d'être votre rival.
Voilà, par ses discours, ce que j'ai pu connaître.

L'EMPEREUR.

L'esprit des courtisans est-il celui du maître ?

SAVARI.

Sire, c'est un ramas de jeunes éventés,
Du ministère anglais partisans déhontés.
Par son bourdonnement, cette troupe légère
Trahit tous les secrets de l'avide l'Angleterre ;
C'est elle qui les fait parler, penser, agir ;
Son or peut tout sur eux, hors les faire rougir.
Mais votre majesté va juger elle-même
De leur présomption, de leur folie extrême.
Le prince Olgorouki s'avance sur mes pas.

L'EMPEREUR.

Allez, et qu'à ma tente il ne pénètre pas
Sans avoir avec vous parcouru mon armée.
Que dans un noir chagrin elle semble abîmée ;

Qu'il observe partout, sur les fronts abattus,

La honte qui trahit la peur d'être vaincus.

Ayez soin, Savari, que cette inquiétude

Se lise dans leurs yeux et dans leur attitude.

Qu'il triomphe en idée ! Allez, de leurs dédains

Nous saurons dans un jour nous payer par nos mains.

Faites venir Berthier.

SCÈNE III.

L'EMPEREUR *seul*,

C'est Dieu qui me les livre;

Il a mis dans leurs cœurs l'orgueil qui les enivre;

De ces hordes du Nord, l'Occident envahi

Par mes heureuses mains va se voir affranchi.

En refermant sur eux les portes de la guerre,

Je les écraserai comme avec le tonnerre :

La foudre les attend.

SCÈNE IV.

L'EMPEREUR, BERTHIER.

L'EMPEREUR.

Mon plan a réussi.

I...

BERTHIER.

Sire, de vos desseins pourrai-je être éclairci ?
Ces apprêts, ces travaux, cette brusque retraite
Donnent à votre camp l'aspect d'une défaite.
On se demande en vain quels signalés combats
Ont porté la terreur au cœur de vos soldats ?
A l'exemple du chef, on voit déjà l'armée,
Oubliant tout à coup sa grande renommée,
Cacher un front vainqueur à l'ombre d'un affût,
Et d'un rocher stérile attendre son salut.
Il est bien temps enfin que tout cela s'explique.

L'EMPEREUR.

Quoi ! vous ne voyez pas encor ma politique !
Quand l'insensé se livre à la présomption,
Le sage doit marcher avec précaution.
Par ses ambassadeurs, François en vain m'abuse,
Il ne veut pas la paix, j'ai pénétré sa ruse.
Négocier pour lui, c'est obtenir du temps ;
Ces apprêts, ces travaux, et ces retranchements,

Vain appareil de peur , loin de nuire à ma gloire ,

M'assurent, cher Berthier , la plus noble victoire.

Le Russe s'y méprend, comme je l'ai prévu ;

Il cherche à me tourner , moi-même je l'ai vu

Du haut de mon bivac prolonger mon armée,

Dans leurs propres filets la leur est enfermée,

Demain ils sont à moi , j'en jure sur l'honneur.

Que chacun dans son rang attende sans rumeur

Le signal du combat , celui de la victoire ;

Je vais donner encore une page à l'histoire.

BERTHIER.

Sire , votre génie étonne à chaque instant ,

Il s'accroît, il grandit de moment en moment ;

A vos combinaisons l'esprit ne peut s'attendre ,

On a beau tous les jours vous voir et vous entendre,

Vous étendez sans fin la sphère du guerrier ,

On ne peut vous connaître, en un mot, tout entier.

A mon inquiétude a succédé la joie,

Cette armée en un jour deviendra notre proie,

Mon empereur l'a dit. Quels ordres donnez-vous
Pour l'exécution ?

L'EMPEREUR.

Nous suspendrons nos coups,
Pour mieux les assurer, Berthier, jusqu'à l'aurore ;
Messieurs les maréchaux ignorent tout encore.
J'assignerai la place où chacun combattra :
Pour nous, dès que le jour aux yeux disparaîtra,
Visitons les bivacs sans nous faire connaître,
Et voyons si tout est dans l'ordre qu'il doit être.

*(Le général Savari annonce à l'empereur que le prince
Olgorouki est là.)*

SAVARI.

Le prince Olgorouki.

*(L'empereur lui fait signe de le faire entrer. Le maréchal
Berthier fait mine de vouloir sortir.)*

L'EMPEREUR.

Maréchal, demeurez ;
Écoutez l'entretien, et vous le jugerez.

SCÈNE V.

L'EMPEREUR, le maréchal BERTHIER, le prince OLGOROUKI introduit par le général SAVARI.

LE P. OLGOROUKI.

Général ! envoyé par l'empereur, mon maître,

J'ai l'ordre positif de vous faire connaître

Les secrets sentiments dont il est animé.

Il voit avec regret qu'on ait envenimé

Les rapports d'amitié qu'il eut avec la France,

Il veut les rétablir avec cette puissance ;

Il estima son chef tant qu'il en fut consul,

Mais tout ce qu'on a fait depuis lui paraît nul.

De l'Europe il voudrait rétablir l'équilibre ;

Il prétend, général, enfin la rendre libre.

Il serait glorieux d'obtenir de son choix

Le prix que vous mettez vous-même à vos exploits ;

Il vous veut, par ma voix, offrir un armistice :

Mais il faut l'obtenir par un grand sacrifice ;

Le trône d'Italie et l'état de Brabant
Mettront fin entre vous à tout ressentiment;
La paix est à ce prix : j'attends votre réponse.

L'EMPEREUR.

Dites à l'empereur, monsieur, que je renonce
A la paix qu'il faudrait acheter à ce prix;
Et, s'il faut l'avouer, j'ai lieu d'être surpris
De ces conditions qu'ici l'on me propose.
Eh! quelle opinion a-t-il donc de ma cause
S'il pense qu'à ce point je sois déjà réduit?

LE P. OLGOROUKI *avec un grand air de fatuité.*

C'est le sort trop commun d'un général qui fuit.
Votre armée, en effet, est en pleine retraite.

L'EMPEREUR *avec un air d'indécision affectée.*

Il se peut... mais, monsieur, elle n'est pas défaite.

LE P. OLGOROUKI.

Elle est découragée, et j'ai pu l'entrevoir.

L'EMPEREUR.

Elle prendrait conseil alors du désespoir.

BERTHIER.

Mais sa position la rend inattaquable.

LE P. OLGOROUKI.

Ignorez-vous, monsieur, de quoi l'on est capable,
Quand on est commandé par un grand empereur,
Et qu'on est enflammé de la soif de l'honneur ?

BERTHIER.

Je crois que sur ce point, monsieur, j'ai fait mes preuves,
Mais vous me réservez de nouvelles épreuves,
Et j'espère en sortir avec même bonheur.

LE P. OLGOROUKI *du ton le plus tranchant.*

Les Russes ne sont pas très sujets à la peur,
Et par milliers enfin ne jettent pas les armes.
Croyez-moi, la victoire a pour eux trop de charmes
Pour ne pas l'acheter au prix d'un peu de sang.

L'EMPEREUR *avec un ton d'indignation qu'il contient à peine.*

Dites à l'empereur qu'en ces lieux on l'attend.

(*Olgorouki sort.*)

SCÈNE VI.

L'EMPEREUR, le maréchal BERTHIER.

BERTHIER.

Sire, permettez-moi de vous parler sans feindre :
Comment jusqu'à ce point pouvez-vous vous contraindre?

L'EMPEREUR.

Eh quoi ! faut-il laisser échapper son secret ?
Rien de pis, cher Berthier, qu'un monarque indiscret ;
Et lorsqu'il croit devoir recourir à la ruse,
Plutôt que se trahir, mieux vaut qu'il en abuse.

BERTHIER.

Quel ton de fatuité règne dans ses discours !

L'EMPEREUR.

Les Anglais ont pourtant payé cher ses secours.

BERTHIER.

Je n'ai vu de ma vie autant d'impertinence.

L'EMPEREUR.

Cela fait le mérite : ami, de la prudence,
Vertu rare, et plus rare à trouver qu'un trésor.
Eh bien ! près d'Alexandre il en est trente encor
Plus fats, plus ignorants, et non moins ridicules ;
Il faut les corriger sans pitié, sans scrupules ;
Je m'en charge. Il est nuit, sortons, mon cher Berthier.

BERTHIER *en le suivant.*

Sire, vous connaissez à fond votre métier.

SCÈNE VII.

(A peine ont-ils fait quelques pas, qu'un factionnaire crie : qui vive ! l'empereur répond, et est reconnu par un soldat. A l'instant le théâtre est couvert de soldats qui portent des brandons de paille au bout de leurs baionnettes.)

L'EMPEREUR, BERTHIER, SOLDATS.

UN FACTIONNAIRE.

Qui vive !

L'EMPEREUR.

Général.

UN SOLDAT.

Amis, c'est l'empereur.

LES SOLDATS.

Vive Napoléon !

L'EMPEREUR.

Pourquoi cette clameur ?

BERTHIER.

On vous a reconnu.

L'EMPEREUR.

Que prétendent-ils faire ?

UN GRENADIER.

De ton couronnement on fait l'anniversaire,
Et demain nous voulons te donner ton bouquet.

L'EMPEREUR.

Il a raison, Berthier ; c'est le onze en effet.

BERTHIER.

On doit attendre, sire, un dévoûment sublime
De tant de braves gens qu'un tel esprit anime.

UN VIEUX GRENADIER.

Sire, tu n'auras pas besoin de t'exposer,
Sur nous, sur tes enfants, tu peux te reposer.
Demain, par les drapeaux de l'armée ennemie,
Ta tente par nos mains sera toute garnie.

L'EMPEREUR.

Soldats ! ces cris de joie, et ces bouillants transports
Sont pour moi les garants de vos nobles efforts.
Elle est donc arrivée enfin cette journée,
Anniversaire heureux de ma plus belle année,
Jour à jamais fameux dans les fastes français,
C'est celui de la gloire, et celui de la paix !
Je serai loin du feu, tant que votre courage
Dans les rangs ennemis portera le carnage ;

Mais que si votre ardeur vient à se ralentir,
Vous verrez l'empereur aux premiers coups s'offrir !
Il y va de l'honneur de notre infanterie,
Il y va de la gloire enfin de la patrie.

LES SOLDATS.

Vive Napoléon ! vive notre empereur !

L'EMPEREUR *à Berthier.*

Un douloureux regret vient attrister mon cœur !
Combien vont de leur sang acheter ma victoire,
Et par leur perte, hélas ! empoisonner ma gloire !
Oui, cet amour ardent que j'ai pour mes soldats,
Finira par me rendre inhabile aux combats :
Je le sens, j'en gémis, et pourtant je m'y livre.

BERTHIER.

S'il est doux sous vos lois pour un Français de vivre,
Pour lui sous vos drapeaux il est beau de mourir.
Mais que se passe-t-il, car je vois accourir
Messieurs les maréchaux.

L'EMPEREUR.

Ayez soin que personne
Ne puisse entendre ici les ordres que je donne.

SCÈNE VIII.

L'EMPEREUR, le prince MURAT, le
maréchal BERTHIER, le maréchal
DAVOUST, le maréchal LANNES.

LE P. MURAT.

A la lueur des feux brillant de toute part,
On voit de l'ennemi l'insolent étendard
Flotter, en cotoyant, le flanc de votre armée.
Par l'indignation, sire, elle est animée,
On craint qu'elle ne puisse attendre le signal.

L'EMPEREUR.

(Il fait signe au général Rapp,
un de ses aides-de-camp.)
C'est toute ma frayeur. Rapp, montez à cheval ;
Parcourez tous les rangs ; que l'on soit immobile.
Employons notre temps d'une manière utile.

(Aux maréchaux.)

Vous, maréchal Davoust, partez; qu'avant demain
Vous ayez occupé le couvent de Regenn.
Contenez l'ennemi; que dans la matinée
Sa gauche débordant soit aussitôt cernée.

DAVOUST.

Sire, tous leurs efforts ne nous forceront pas;
J'en donne pour garant l'ardeur de mes soldats.

L'EMPEREUR.

Et celle dont votre âme encore est enflammée.
Lannes commandera la gauche de l'armée.

LE M^l. LANNES.

Sire, je sens le prix d'un aussi grand honneur;
Comment le mériter?

L'EMPEREUR.

Il l'est par ta valeur.

(Au prince Murat.)

Et vous, prince, en ce jour, de ce brillant courage
Qui vous a distingué, j'attends encore un gage;

Que ma cavalerie et mes braves dragons,
Conduits par vous, Murat, brisent leurs escadrons.

LE P. MURAT.

L'honneur de commander une troupe si belle
Accroîtra, s'il se peut, mon ardeur et mon zèle.

L'EMPEREUR.

Quand Soult qui, de Pruntzenu, occupe la hauteur,
Avec mon aile droite aura coupé la leur,
Bernadotte, ébranlant le centre de l'armée,
Fera pleuvoir sur eux une grêle enflammée,
Qui, tel que des épis jonchés sur les sillons,
Dispersera soudain leurs épais bataillons.
Qu'ils ne trouvent enfin qu'un horrible carnage,
Où leurs barbares mains espéraient le pillage.
    (*Au maréchal Berthier.*)
Et vous, mon compagnon dans quarante combats,
Dans ce jour, cher Berthier, ne nous séparons pas ;
Nous serons tous les deux placés à la réserve.
Messieurs, songez demain que mon œil vous observe :
Partout où l'action me paraîtra languir,
Avec mes compagnons vous m'y verrez courir.

De peu de combattants ma réserve est formée;

Mais ce peu de soldats vaut lui seul une armée.

A leur tête on verra Duroc près d'Oudinot,

Bessière, Caulincourt, et mon brave Junot.

Pensons tous qu'en ce jour l'univers nous contemple,

Et que nous lui devons enfin un grand exemple.

LE P. MURAT.

Vous n'aurez pas besoin d'affronter les hasards;

Et pour nous soutenir, suffisent vos regards,

Sire, ils seront pour nous l'aiguillon de la gloire.

L'EMPEREUR.

Je vous connais trop bien pour ne pas vous en croire.

Qu'avant le point du jour chacun soit à cheval;

Je ne tarderai pas à donner le signal.

(A Berthier.)

Et nous, en attendant cette belle journée,

Allons par tout le camp faire notre tournée.

FIN DU PREMIER ACTE.

ACTE II.

SCÈNE PREMIÈRE.

La scène est aux avant-postes. D'un côté, est le bivac de l'empereur, de l'autre, et dans le fond, des postes, des tentes, etc.

(L'empereur entre suivi du maréchal Berthier, et de plusieurs maréchaux et aides-de-camp.)

L'EMPEREUR.

Ce fut hier le jour le plus beau de ma vie ;
Hier, il existait une armée ennemie :
Mes enfants en un jour ont su l'anéantir ;
Ce qu'épargna le fer, les eaux vont l'engloutir,
Et le peu qu'il en reste, arrêté dans sa fuite,
Ne saurait m'échapper ; on est à sa poursuite.
Messieurs, vous avez tous surpassé mon espoir,
Je savais que chacun ferait bien son devoir ;

2

Mais je ne savais pas que toute ma puissance
Pourrait suffire à peine à votre récompense ;
Je renonce à pouvoir envers vous m'acquitter,
Le prix de vos exploits sera de les citer.

LE M¹. BERNADOTTE.

Notre prix le plus doux, c'est votre seule gloire,
Sire, votre génie a gagné la victoire ;
Vous l'aviez enchaînée, et votre plan conçu,
L'ennemi, sans nos bras, était déjà vaincu.
Battu sur tous les points, malgré sa résistance,
Il est presque détruit.

LE M¹. BERTHIER.

Oui, sa perte est immense,
Et jamais on ne vit par si peu de combat
Une armée obtenir un si grand résultat.
Quarante mille morts dans l'armée ennemie,
Quarante-cinq drapeaux et son artillerie,
Sont les renseignements qui me sont parvenus.

L'EMPEREUR.

Je veux que de mon peuple ils soient bientôt connus ;
Et le désir que j'ai qu'il sache ces nouvelles,
Lebrun, pour les porter, vous donnera des ailes.

(Le maréchal Berthier écrit à la hâte le premier bulletin,
et le remet au colonel Lebrun en lui parlant bas.)

Berthier, vous me ferez de fidèles rapports
Sur tous les officiers, ainsi que sur les corps
Qui se sont distingués dans ce jour mémorable.

LE M^l. BERTHIER.

Il faut les nommer tous.

L'EMPEREUR.

Quelle armée admirable !
Amis, reposez-vous de vos rudes travaux ;
Car pour vous dans le monde il n'est plus de rivaux.

SCÈNE II.

UN AIDE-DE-CAMP.

Sire, le général de l'armée autrichienne
Demande la faveur d'être admis.

(Les maréchaux et la suite se retirent en arrière.)

L'EMPEREUR.

Oui, qu'il vienne ;
Avec plaisir, monsieur, aujourd'hui je reçois
Le prince Lichtenstein, l'envoyé de François.

LE P. DE LICHTENSTEIN.

Oui, sire, c'est au nom de l'empereur, mon maître,
Qu'à vos regards ici j'ose encore paraître.
Sire, François n'est plus l'ennemi des Français,
Mais leur admirateur ; pour demander la paix,
Il est prêt à venir vous trouver en personne,
A votre loyauté l'empereur s'abandonne ;
Sire, daignerez-vous ici le recevoir ?

L'EMPEREUR.

Dites-lui que j'aurai grand plaisir à le voir ;
Que mes bras sont ouverts pour recevoir mon frère,
Surtout s'il veut la paix d'un désir bien sincère ;
Car on ne pense plus sans doute à m'abuser.

LE P. DE LICHTENSTEIN.

Sire, ce n'est pas lui qu'il en faut accuser ;
Il a fallu céder aux désirs d'Alexandre,
Ce prince prévenu n'a voulu rien entendre.

L'EMPEREUR.

Mais aujourd'hui, monsieur, entend-il donc raison ?

LE P. DE LICHTENSTEIN.

Sire, il a profité, je crois, de la leçon ;
Car, malgré ses revers, lui-même vous admire,
Mais avant sa défaite on avait beau lui dire
De ne pas écouter d'infidèles rapports,
De ne pas se livrer à d'indiscrets transports,

Qu'il ne connaissait pas encore votre armée,
Que du meilleur esprit elle était animée,
Que tout en était bon; officiers et soldats,
Enfin, qu'on vous a vu dans différents combats
Réduit au dernier point ressaisir la victoire;
De tout ce qu'on disait il ne voulait rien croire.
Par son propre malheur le voilà convaincu;
Il conçoit que par vous on puisse être vaincu,
Et je crois qu'à présent il sera plus traitable.

L'EMPEREUR.

Je veux bien le penser. Il serait désirable
Qu'il éloignât de lui ces imprudents flatteurs
Échappés aux revers dont ils sont les auteurs.
Qu'il sache que l'Anglais près de lui les soudoie
Pour que du continent ils lui livrent la proie;
Que si, comme on l'assure, il a de la vertu,
Il doit se consoler d'avoir été battu.
Qu'importe qu'un combat livré par fantaisie
Ait coûté quelques bras à l'immense Russie,

S'il conçoit à la fin p r ces tristes essais
Que sa gloire et le bien de ses propres sujets
Veulent qu'il répudie un peuple oligarchique,
Et suive une plus noble et saine politique ?
Ce sont là les conseils qu'on devrait lui donner,
Mais, pour les recevoir, il faut s'environner
De tout ce que sa cour a de plus estimable,
Et non de ce qu'elle offre enfin de méprisable,

LE P. DE LICHTENSTEIN.

Sire, j'ose espérer qu'il ouvrira les yeux,
Et que de vos avis il profitera mieux,
Et l'empereur François les lui fera connaître.

L'EMPEREUR.

Fort bien; retournez donc, monsieur, vers votre maître,
Je l'attends, et croyez que je suis enchanté
Que son désir, par vous, ait pu m'être apporté.

SCÈNE III.

L'EMPEREUR, LES MARÉCHAUX, LA SUITE.

L'EMPEREUR.

Quand on a sous sa main des gens de ce mérite,
Comment de ses états donne-t-on la conduite
A de sots courtisans vendus à l'étranger ?
Comme je suis en train, messieurs, de corriger,
A mon frère François je saurai bien le dire,
Ces gens là sont toujours le fléau d'un empire.
Mais avant qu'en ces lieux n'arrive l'empereur,
Allons voir mes enfants.

LE P. MURAT.

Sire, de leur bonheur
Votre vue, en ce jour, comblera la mesure.

L'EMPEREUR.

Ils l'ont payé d'avance, et certe avec usure.
On dit qu'à leurs bivacs on ne les vit jamais
Plus gais ni plus contents. Voilà bien les Français,

Leurs plus rudes travaux sont payés par la gloire;
Toujours vaincre ou mourir, c'est toute leur histoire.

SCÈNE IV.

(L'empereur, marchant avec sa suite pour aller visiter les bivacs , est subitement arrêté par l'action d'un jeune officier russe, qui se jette à ses genoux avec l'air du plus grand désespoir.)

L'OFFICIER RUSSE,

Ah ! sire, de douleur j'expire à vos genoux;
Faites-moi fusiller.

L'EMPEREUR *avec bonté.*

Monsieur, relevez-vous.
Votre état ?

LE RUSSE.

Officier des gardes de Russie.
Sire, j'en commandais toute l'artillerie.

L'EMPEREUR,

Et qui peut vous causer ce violent transport ?

LE RUSSE,

J'ai perdu mes canons... et je ne suis pas mort.

2...

L'EMPEREUR.

On peut être vaincu, monsieur, par mon armée,
Et se montrer encor digne de renommée.
Votre action le prouve, et votre heureux vainqueur
Pourrait vous envier ce trait plein de valeur;
Il honore à la fois, vous, et votre patrie :
Revoyez la, monsieur ; que votre cœur oublie,
Au sein de vos amis, d'honorables revers;
Emportez mon estime, elle brise vos fers.

LE RUSSE, *en s'éloignant, et après s'être profon-*
dément incliné.

Je dois me consoler dans mon malheur extrême
De recouvrer l'honneur des mains de l'honneur même.

SCÈNE V.

L'EMPEREUR, LES MÊMES.

L'EMPEREUR *en s'avançant vers les premiers postes.*

Puisse-t-on, en tous lieux, dire que les Français
Font pardonner leur gloire à force de bienfaits!

PLUSIEURS VOIX.

Amis ! c'est l'empereur.

L'EMPEREUR.

Enfants , c'est votre père.

LES SOLDATS.

Es-tu content de nous ?

L'EMPEREUR.

Oui , mes enfants, la guerre
Va finir aujourd'hui, grâces à vos exploits.
Soldats ! j'acquitterai tout ce que je vous dois ;
Vous serez les objets de ma sollicitude ;
Votre bonheur fera ma principale étude.
Déjà ce jour fameux est dans l'éternité,
Mais il n'est pas perdu pour la postérité.
Le monde en gardera la fidèle mémoire,
Et l'on en parlera tant qu'on lira l'histoire.
La France reverra bientôt avec transport
Les vainqueurs glorieux des Sauvages du Nord ;

L'Anglais en frémira, et l'Europe étonnée
Dira que le combat finit faute d'armée.
Ce jour est à jamais celui de la valeur;
Il est digne de vous et de votre empereur.

(A Berthier.)

De l'état des blessés que l'on me rende compte;
Je ne sais pas au juste à quoi leur nombre monte;
J'adopte les enfants de tous ceux que l'on perd.
A propos, savez-vous comment est Valhubert?

BERTHIER.

On vient de me donner à l'instant une lettre
Qu'il vous adresse, sire.

L'EMPEREUR *avec une vive expression de douleur.*

Il ne vit plus, peut-être!
Berthier, lisez tout haut; je veux que dans le camp
Retentisse la voix de ce héros mourant.

(Berthier lit.)

« Puisque j'ai concouru, sire, à votre victoire,
» Mourir est moins amer. Jouissez plein de gloire

» Pendant long-temps encor d'un règne fortuné.

» Quand je vais rendre à Dieu le jour qu'il m'a donné,

» A mes regards mourants une espérance brille ;

» Oui... Je laisse en vous, sire, un père à ma famille. »

L'EMPEREUR, *en essuyant une larme qui tombe de*

ses yeux.

Oui, je le remplirai, ce trop juste devoir !

Je la consolerai, si j'en ai le pouvoir.

(A Berthier.)

Que les plus grands honneurs soient rendus à sa cendre.

UN MARÉCHAL.

Les plus grands sont les pleurs que l'on vous voit répandre.

L'EMPEREUR.

Je le pleure, en effet ! c'est pour moi qu'il est mort.

UN AUTRE MARÉCHAL.

Sire, chacun de nous doit envier son sort.

L'EMPEREUR.

Ah ! je renoncerais, messieurs, à la victoire,

S'il fallait à ce prix en acheter la gloire.

(En s'adressant au prince Murat.)

Prince, quand l'empereur approchera du camp,

Rendez-lui les honneurs que l'on doit à son rang.

(Au maréchal Berthier.)

Vous, Berthier, suivez-moi ; poursuivons ma visite.

(L'empereur sort lentement, en s'arrêtant à chaque tente
ou poste, et parlant bas avec les soldats qu'il rencontre.)

SCÈNE VI.

Les maréchaux LANNES, SOULT, BER-NADOTTE, les généraux DUROC, SAVARI, etc.

LE M^l. SOULT.

Messieurs, c'est dans ce jour que l'empereur s'acquitte.

LE M^l. BERNADOTTE.

Il faut en convenir, il nous paie en héros !

Mais quand goûtera-t-il enfin quelque repos ?

LE G^l. DUROC.

Il croit n'avoir rien fait, tant qu'il lui reste à faire ;

La nuit de ses travaux ne saurait le refaire ;

Car la nuit il médite, et le jour il combat,

Et dans le même temps il gouverne l'état ;

Il n'est rien, en un mot, qu'il ignore ou néglige.

LE M¹. BERNADOTTE.

C'est un homme pourtant, car on voit qu'il s'afflige

Quand la mort lui ravit quelqu'un de ses enfants,

Ce pauvre Valhubert ! Quels nobles sentiments !

Quand on pense, messieurs, que toute notre armée

Du même esprit se montre en tout temps animée !

Que dis-je, quand on sait qu'il n'est pas un Français

Qui n'eût de nos guerriers égalé les hauts faits.

On s'étonne, on grandit, et l'on sent que la guerre,

Si l'on la prolongeait, nous livrerait la terre.

LE M¹. SOULT.

On pourrait le penser après un tel combat :

Du corps de Buxoden, il n'est pas un soldat

Qui puisse aller aux siens annoncer sa défaite ;

De toutes parts nos gens lui coupaient sa retraite ;

Fusillé, mitraillé, criblé par le canon,

De ce corps il ne reste aujourd'hui que le nom.

LE M^l. LANNES.

Oui, notre artillerie a partout fait miracle ;
Je n'ai vu de ma vie un plus affreux spectacle,
Quand chacun d'eux, jetant son fusil et son sac
Courait, en rugissant, se plonger dans le lac,
Et que notre canon, en en coupant la glace,
De ce dernier salut leur dérobait la trace.
J'ai vu, jusqu'à ce jour, de terribles combats,
Et pourtant j'ai frémi, je ne le cache pas.

LE G^l. DUROC.

Mais pour être un soldat, en est-on moins sensible ?
Plus on est généreux, et plus l'on est terrible :
Le moment du combat est celui du devoir ;
Après, l'humanité reprend tout son pouvoir.
Heureux ou malheureux, honorons le courage.

LE G^l. JUNOT.

Ceux qui n'ont pas donné versaient des pleurs de rage ;

L'empereur les voyant qui se désolaient tous
D'être les bras croisés, leur dit : « consolez-vous.
» Si l'on n'a pas besoin encor de la réserve,
» Ce sont des braves gens de plus que je conserve. »
Enfin, si l'on voulait recueillir tous les traits
Qui doivent en ce jour illustrer les Français,
On en ferait, messieurs, la plus superbe histoire,
Et j'ose dire encor la moins facile à croire.
On eût dit que la mort, en fuyant devant nous,
N'osait qu'aux ennemis faire éprouver ses coups.

(On entend le bruit du canon, et des acclamations des soldats.)

UN GÉNÉRAL.

Le canon et l'éclat d'une joie animée
Annoncent que François arrive à notre armée.
Puissent les empereurs dans ce jour solennel
Se voir enfin unis d'un lien éternel !

SCÈNE VII.

(L'empereur François entre d'un côté du théâtre précédé par le prince Murat et plusieurs généraux français, et aux cris de vive François! que répètent les soldats. Il est suivi de plusieurs généraux et seigneurs de sa cour.

L'empereur Napoléon rentre sur la scène par le côté opposé; il est suivi du maréchal Berthier et des autres maréchaux, aides-de-camp et officiers généraux. Les deux empereurs marchent au-devant l'un de l'autre.)

FRANÇOIS.

Pour demander la paix, je viens trouver mon frère.

NAPOLÉON.

Sire, je le veux bien... mais êtes-vous sincère?

FRANÇOIS.

Oui, je consens à tout.

NAPOLÉON.

Je vous ouvre mes bras!
Que la paix règne donc entre nos deux états.
Après tout, nous n'eussions jamais fait cette guerre
Sans quelques intrigants vendus à l'Angleterre.

FRANÇOIS.

Je me suis séparé de cette nation
Qui ne sème que trouble, et que division.

NAPOLÉON.

Pagget, Rosomouski, sire, et votre ministre,
Ont été les auteurs de ce conseil sinistre.
Pardonnez ma franchise.

FRANÇOIS.

Elle prouve un ami.

NAPOLÉON.

Oui, je ne fais jamais les choses à demi;
J'ai dû vous éclairer, et je ne puis vous taire
Le mal que ces gens là pourraient encor vous faire.

FRANÇOIS.

Vous avez bien raison, mon frère; à l'avenir
Ils ne parviendront pas à me circonvenir;
Je verrai par mes yeux. C'est en suivant vos traces
Que je veux éviter de pareilles disgrâces.
Votre vie, en effet, est la leçon des rois.

NAPOLÉON.

Tous n'ont pas les vertus qui brillent dans François.
Faites à vos sujets de légers sacrifices,
Vous aurez leur amour, vous serez leurs délices.
Il ne vous manque rien pour en être adoré,
Sire, que de vous voir enfin mieux entouré.

FRANÇOIS.

J'y ferai mon possible, et vous pouvez m'en croire.
(En riant.)
Sire, je ne veux plus vous fournir de victoire.
Alexandre aujourd'hui pense assez, comme moi;
Il est temps que chacun retourne enfin chez soi:
Il désire une trève...

NAPOLÉON.

Ah! sire, son armée
Par la mienne aujourd'hui sans doute est enfermée;
Il ne peut m'échapper un seul de ses soldats.

FRANÇOIS.

Il se peut... mais enfin... c'est assez de combats;

C'est la paix qu'il nous faut, et mon frère Alexandre
M'a paru sur ce point tout prêt à vous entendre.

NAPOLÉON, *après avoir réfléchi un moment et avec*
le sentiment de la loyauté.

J'y consens... mais j'y mets une condition ;
Qu'il quitte vos états.

FRANÇOIS.

C'est son intention.

NAPOLÉON.

De son armée encor je tracerai la route.

FRANÇOIS,

L'empereur Alexandre y souscrira sans doute,
Et je suis le garant de sa fidélité.

NAPOLÉON.

S'il adhère en tout point, sire, à notre traité,
Qu'il donne sa parole, et j'engage la mienne
Que mon armée alors respectera la sienne,

Eh bien! sans les Anglais nous voilà donc d'accord.

(Avec gaîté.)

C'est qu'ils sont loin d'ici.

FRANÇOIS *du même ton.*

Je conviens qu'ils ont tort

Dans la guerre qu'ils font maintenant à la France;

Mais vous réduirez bien aussi cette puissance :

Je m'en rapporte à vous. Peut-on vous résister ?

(En se levant.)

Mais mon empressement, sire, à vous écouter,

M'aura fait oublier sans doute que j'abuse...

NAPOLÉON.

Point du tout ; mais c'est moi qui vous demande excuse

Pour le lieu dans lequel j'ai pu vous recevoir.

FRANÇOIS.

Tous les lieux sont fort beaux quand on peut vous y voir.

Ce n'est pas un palais , c'est vous que je visite.

NAPOLÉON.

Depuis plus de deux mois, voilà ceux que j'habite.

FRANÇOIS.

Vous ne vous plaindrez pas, je crois, de celui-ci
Vous en tirez, mon frère, un assez bon parti,
Et je conçois fort bien comment il peut vous plaire.

NAPOLÉON.

L'honneur que, dans ce jour, vous venez de lui faire,
Sire, l'illustrera chez nos derniers neveux.

FRANÇOIS.

Déjà par mes revers, il est assez fameux;
Mais je dois l'oublier en embrassant mon frère.
(Il tend les bras à l'empereur des Français pour l'embrasser.)

NAPOLÉON *en e reconduisant.*

La paix va réparer les malheurs de la guerre,
Et vous pourrez jouir, sire, d'un doux repos.

FRANÇOIS *en souriant.*

On n'en peut espérer autant pour un héros.

*(Ce sont les derniers mots qu'on entend, parce que l'empe-
reur Napoléon est censé reconduire l'empereur François
jusques à sa voiture.)*

SCÈNE VIII.

L'EMPEREUR *à ceux qui l'entourent,*

Cet homme là, messieurs, me fait faire une faute;
Mais peut-on résister aux désirs d'un tel hôte?
Eh! qu'importe après tout, puisqu'à l'humanité
J'épargne au moins les pleurs qu'il en aurait coûté!

FIN.

www.ingramcontent.com/pod-product-compliance
Lightning Source LLC
Chambersburg PA
CBHW061706180626
46818CB00003B/1280